KB202834

나는 가끔은 네가 생각 하는데...

나는 가끔은 네가 생각 하는데...

조덕화

나는 가끔 네 생각 하는데...

고등학교 때 어려웠던 친구가 있었다.
나는 부모님 없이 오빠 밑에서 학교를 다니고 있었고
그 친구는 아버지만 계셨었다.
둘 다 형편이 좋지 않았지만 내가 조금 나았을까…
나한테 주어진 장학금을 친구에게 주고 싶어서
그 당시 담임이셨던 김정주 선생님을 찾아가 의논드렸다.
하지만 선생님도 방법을 찾을 수가 없었고
결국 친구는 등록금을 낼 수 없어서
학교를 그만 둘 수 밖에 없었다.
너무 속상해 하는 나한테 선생님께서 말씀하셨다.
"덕화, 네가 커서 잘 되면 어려운 사람한테 장학금으로 갚으라"
그 때는 너무 먼 얘기이고 당장이 힘들었던지라
아무 생각이 안 들었었다.

세월이 흘러 그저 평범하게 살아온 내가
먹고 살기가 팍팍하지는 않을 즈음
깜냥은 안되지만 시집을 내게 되었다.
생업이 시인도 아닐 진대
이 수익금을 내가 챙기는 건 부끄러울 것 같아서
그대로 장학금으로 쓸 요량으로 이 책을 내게 되었다.

책을 사주시는 모든 분들께 부끄럽지 않도록
글씨도 쓰고 그림도 그려봤는데
나에게 더 즐거운 작업이었음을 고백한다.
시를 쓰는 것 또한 스스로의 위안과 즐거움이었다.
떠다니는 평범한 말들 중에
나의 언어가 되고 공감이 되며
위로가 되는 말을 골라 쓰게 되었다.
이제 아쉬움은 뒤로 하고
이 시를 읽으시는 모든 분들에게
소소한 위로가 되는 글이길 소원한다.

또 한 가지는
평범한 보통의 사람들의 당당함이 힘이 되고
권력이 되는 세상을 꿈꾸는 한사람으로서 바람이 있다.
그래서 장학금은
성적하고는 상관없이 한 부모 가정에서
학교 열심히 다닌 친구에게
담임선생님 추천을 받아 줄 예정이다.

소소하지만 내가 꿈꾸는 세상에
아주 작은 씨앗이 되길 바라면서…

2019. 11. 10.
조덕화

조덕화 시집 - 나는 가끔은 네 생각 하는데…
CONTENTS

제2부
숙제 같기도 선물 같기도 한 삶

제3부
여전히 젊고 어여쁜 너는 별이 되어 간다

1부

찻잔 속 너의 얼굴 그리움으로 마신다

꽃망울
하얗게 터뜨리듯
소리없는
저 결정으로
사랑하겠소

- 봄빛을 기다리며 중에서

봄빛을 기다리며

꽃망울
하얗게 터뜨리듯
소리 없는 절정으로
사랑하겠소

노란빛
옹기종기 재잘대듯
가슴 가득 기쁨으로
맞이할 거요

무심한
연분홍 꽃잎들
바람에 흐드러지듯
그대를 기다리오

꽃길

꽃밭 사이로 걷다
향기 속으로 걷다
너의 마음 속으로 걷다

꽃길은 끝났는데
마음길 쉼이 없어

작은 샘물 하나
두고 오니

꽃밭 사이로 걷다
향기 속으로 걷다
너의 마음 속으로 걷다

- 꽃길 중에서

모든것 오롯이
다 품은
너이기에
그토록 오만하게
있구나

- 씨앗 중에서

씨앗

엄마의 자궁 속
흙에서 자라고 자라

꽃을 피우고
열매 맺어 가며

이름 모를
그대로 사라지니
서러울망정

모든 것 오롯이
다 품은 너이기에
그토록 오만하게 있구나

빗소리

감아도 감아도
그리움 하나
툭툭툭

닫아도 닫아도
서러움 하나
톡톡톡

멀어도 멀어도
속삭임 하나
통통통

길어도 길어도
설레임 하나
팅팅팅

감아도
감아도
그리움하나
툭
툭
툭

- 빗소리 중에서

영원
할듯
밀려오더니
모래위
글같은
흔적

- 여름 중에서

여름

그가
성큼 다가왔다
뒷걸음 칠 새도 없이

심장마저
녹여 버릴
미친 듯한 사랑을 했다

이별조차
아쉽지 않을
온 몸이 타들어 갈만큼

영원할 듯 밀려오더니
모래 위 글 같은
흔적

왜 하필

왜 하필 너였을까?
너는 또 얼마나 수 없이
이 말을 되뇌었을까?
다 내려놓고 슬퍼
말라며 떠난 너는
길섶에 무심히 흔들리는
코스모스에 피었다

울그락붉그락
괜시리 심술 난
단풍에도 네가 있다
제 풀에 꺾여
떨어져 내릴 때 쯤
우리도 내려
놓을 수 있을까?

너 떠난 가을에는
사람앓이로 아프다
왜 하필 너였니?
올려다 본 하늘은
시린 눈물만
잔뜩 짊어지고
대답도 없이
날 보고 있구나

그리움

나무 하나 심었다네
기쁨도 행복도 사랑도
어여쁜 열매되어
보석처럼 반짝였네

나무하나 심어졌네
미움도 슬픔도 원망도
어느새 주렁주렁
눈물처럼 맺혀있네

하나인 듯 얽혀
연리지 되었다네
그리움 열매하나
툭 떨어져 데굴데굴

가을구름

푸르른 창공을
이리저리 거닐었네

맑디맑은 가을향
높고 푸른 하늘 밭

거칠 것도 없고
멈춤도 쉼도 맘대로 인데

너 하나가 없어
그리움이 서러움 되어
눈물로 떨어지네

너 하나가 없어
그리움이 서러움되어
눈물로 떨어지네

- 가을 구름 중에서

모나리자의
미소를
닮은걸음걸이로
내가슴에스며온다

– 가을 그녀 중에서

가을 그녀

가을 품은 빗길로
바바리 깃 세운 그녀가
걷고 있었다

모나리자의 미소를
닮은 걸음걸이로
내 가슴에 스며온다

또각또각 울리는
발자국 소리는
깊은 가을을 가져온다

진한 가을향으로
온 몸이 물들 때
시린 겨울만 남겨둔다

가을비 속으로

눈을 감고 들어 보아요
가을 품은 빗소리
청량해요

힘든 세상 사알짝 흘리고
지친 눈 감아 보면
따뜻해요

구름도 잔뜩 무거워진 짐
내려놓는 날이라
가벼워요

힘겨웠던 짐 털고 나면
무심한 듯 초연한 듯
살아봐요

눈을 감고
들어보아요
가을 품은 빗소리
청량해요

- 가을비 속으로 중에서

찻잔 속
너의 얼굴
그리움으로
마신다~

– 가을을 마신다 중에서

가을을 마신다

청명한 가을빛
우수 어린 나뭇잎

맑디맑은 너의 빛
고개 숙인 벼 알갱이

그리운 너의 향기
진한 찻잎 속에 담는다

찻잔 속 너의 얼굴
그리움으로 마신다

요맘때

요맘때 즈음
보랏빛 소국을 항아리
가득 담아 채우고 싶다
가을빛 머금은 꽃향에 취하여
뜨거웠던 여름날을 보내고 싶다

가을 나이가 되어
소국향이 은은하게
수줍은 듯 품어지면 좋겠다
가을빛 머금은 여유로
날카롭던 가시들을 떼어내면 좋겠다

요맘때 즈음
보랏빛 소국 닮은
고운 너를 만나
가을빛 담은
술 한 잔 나누며
깊어갈 가을과
삶을 즐기고 싶다

가을빛 머금은
꽃향에 취하여
뜨거웠던
여름날을 보내고 싶다

 – 요맘때 중에서

바쁜 하루

시간이 가는 걸까
내가 가고 있는 걸까
또 하나의 서러움을 보고
또 하나의 그리움을 지고

내 속에 너는 아직도
마알간 웃음으로 있는데
네 속에 나는 여전한 지
또 하나의 그리움을 보내본다

오늘의 나는
또 내일의 나와 같을런지…
어느 시간 속에
너와 내가 소롯이 만났을 때
그때는 한번쯤
보고 싶다

슬픔

잃은 너
잇는 나

없는 너
있는 나

웃는 너
우는 나

설렘과 달달한
꿈처럼
왔다가
사라진 너

– 휴일 중에서

휴일

길거나 짧거나
늘 끝자락은 아쉽다

나이거나 너일지라도
허무함이 남는다

설렘과 달달한 꿈처럼
왔다가 사그라진 너

늘 해오던 이별인데
너 없는 내일이 막막하다

또 다른 만남이 오면
그때는 아쉬움이 없어야 할 텐데…

첫눈

차마 녹아 버릴까
손짓 하나 아끼고

차마 흩어질까
입김 한 줌 삼키고

애써 소중하게
맞이한 너이기에

차마 녹아버릴까
손짓하나 아끼고

– 첫눈 중에서

별빛처럼 쏟아내린 너
그리움에 뒤척이던 날

－ 동지 중에서

동지冬至

차가운 파란 하늘 끝
길고 긴 겨울밤

그토록 진한 아쉬움은
아직도 멀고 먼 새벽

별빛처럼 쏟아 내린 너
그리움에 뒤척이던 날

눈

눈이 내리는 날
내 품의 흰 꽃잎들도
그대 향해 날아 다녔는데

눈이 쌓이던 날
뽀이얀 흰 구름 따라
그리움도 소복소복 쌓였는데

그 날의 눈꽃은
그 날의 구름꽃은
차마 지지 못한 그대였었네

그날의 눈꽃은
그날의 구름꽃은
차마 지지 못한
그대였었네

- 눈 중에서

너

언젠가
드문 두근거림
있었을까

뒤안길 어딘가에서
마주한 우리는

모호한 쓸쓸함에
저린 또 다른 나

사람앓이

분명
묶어 놨는데
없다

분명
꿰어 뒀는데
없다

멀어진 뒷모습만
있다

2부

숙제 같기도 선물 같기도 한 삶

그리움 술한잔 마실까
설레임 술한잔할까
- 술 한 잔 중에서

술 한 잔

동트는 새벽녘에
가슴 가득 설레임술 담가 놓고

해 지는 노을녘엔
마음 가득 그리움술 담가서

비 오는 날
설레임술 한 잔 할까?

햇빛 좋은 날
그리움술 한 잔 마실까?

섬

홀로 된
나 하나의 섬

밀물 썰물처럼
외로움이 넘나들고

조용히 눈 감으니
그마저도 곱다

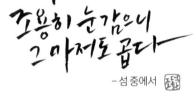

밀물과 썰물처럼
외로움이 넘나들고

조용히 눈감으니
그 마저도 곱다

－ 섬 중에서

눈부시게
아름다운 날
순간인줄
그때는몰랐네

- 그때는 중에서

그때는

눈부시게
아름다운 날

서러움에
눈물짓던 날

설레임에
가슴 뛰던 날

그리움에
사무치던 날

순간인줄
그때는 몰랐네

삶

넌
나에게
뭐였니?

숙제 같기도
선물 같기도

어제였나?
오늘… 아니면
내일

달빛인지
햇빛인지
도무지 알 수 없는

거울 속
나 같은 너는

또
어디로
가는 걸까?

숙제같기도
선물같기도한 삶

- 삶 중에서

오롯이
세상기쁨
꼭꼭
담아서

- 아기 중에서

아기

나만을 바라보던
맑은 눈동자

오롯이 세상 기쁨
꼭꼭 담아서

여리게 곱디곱게
내민 손가락

사알짝 쥐어보면
사랑 한가득

봄을 기다리며

그녀의 가을엔
금단의 사과를 잔뜩
훔쳐 먹었다

너무나도 달콤하고
유혹적인 짜릿함을
탐닉하느라 텅텅
비어가는 영혼을
알지 못했다

좀비가 되어버린 그녀
겨울나무처럼
시리기만 한데
환상 속의 또 다른 그녀는
겹겹이 싸인 화려한
껍질 속에서 버둥대고 있다

한 줄기 봄볕을
갈망하며 끝없는 이 겨울
공허한 프레디 머큐리의
울림을 듣는다

가을

너의 몸짓
너의 향기

내 맘 깊이
다가올 때

짧은 만남
늘 아쉬워

그리움은
길기만 하고

우리 만남은
짧기만 해도

성큼 다가온
너를 안아본다

내 친구

네가 내 친구라서
나는 좀 더 나은 사람이
되고 싶었다

늘 함께 하지는 못해도
생각하면 기분 좋은
미소가 머물렀다

지친 삶을 끌고 가는
내가 가여울 때
한 잔 술처럼 위로했다

이제는 돌아와 너 같은
친구가 거울 속에서
웃고 있었으면 좋겠네

네가
내 친구라서
나는 좀 더 나은
사람이
되고 싶었다

– 내 친구 중에서

비눗방울 오르듯
날고 날아서
그대 맘속에
톡톡
닿기를
소원합니다.

- 시 중에서

시

이리 읽은들
저리 읽은들
어떻습니까?
마음으로 읽는 글인데

이리 쓴들
저리 쓴들
어떻습니까?
이제는 손을 떠났는데

비눗방울 오르듯
날고 날아서
그대 맘속에 톡톡
닿기를 소원합니다

소녀상

이름도
이유도 없이
시뻘건 승냥이떼
피맺힌 한마저 부질없어

눈물도
아픔도 말라
매서운 찬바람도
따스한 봄빛도 알지 못해

오롯이
우두커니 앉아
전쟁 없는 세상만을
꿈꾸는 소녀로 남아있다

오롯이
우뚝거니 앉아
전쟁없는
세상만을
꿈꾸는 소녀

– 소녀상 중에서

그리움에 목메이도
아프지말자

- 우리는 중에서

우리는

외로움에 젖어도
울지는 말자

그리움에 목메어도
아프지 말자

고단함에 지쳐도
숙이지 말자

그래도 우리에겐
주어진 삶이 있으니…

달팽이

어릴 땐
등딱지가 궁금해
빨리 자라기만 기다렸다

자라선
등딱지가 멋져서
신의 선물인양 으스댔다

이제는
등딱지가 무거워
몸이 줄어든 줄 모르는 척

언젠간
등딱지도 사라져
한줌 흙이라도 남으려나

자라선
등딱지가
멋져서
신의 선물인양
으스댔다一

- 달팽이 중에서

낙엽

내 마음이
변한 게 아니었소
내 온몸이 그대 향해
불타올랐다오

무심한 그대
쇠락해져 떨어진
내 몸뚱아리라도
기억하시려오?

늘 날 보지 않고
다니던 길 붉게
타오른 내 모습에
그대 눈길 쉬어 가니
참 좋았다오

이대로 그대
발길에 채어져
내 체취 그대로
그대 맘에 남아
있기 소원하오

가을비

사랑할 수밖에 없는 너
미친 듯한 사랑은
쌀쌀한 냉기로 밀어 내고

시리도록 아파오면
한 줄기 온기로 붙잡아
네 속으로 뛰어들면

어느새 저만큼
떠나가버린 너는
촉촉한 가을을 선물했구나

너는 내속에
나는 너속에
간직된 슬픔

– 자 중에서

자[子]

거울 속에서
묻고 있었다
누구였던가?

익숙하지도
생소하지도 않은
누굴까?

조각난 편린
하나 박힐 때
시린 눈물꽃

조각 하나에
눈이 멀어도
심장 멈춰도

너는 내속에
나는 네속에
간직된 슬픔

벚꽃

화사한 날
그토록 아름답게
설레임으로 왔었네

바람 부는 날
흩날리는 꽃잎이
축복처럼 내렸네

밤비 내리는 날
너 없는 새벽이
서러움으로 온다네

거꾸로 가는 기차

두툼한 작은 종잇조각
제복 입은 아저씨가
달깍 달깍…
갓난아기 손톱 같은 홈이 파인다

어디까지 인지도 모를
끝없는 기찻길은
단단한 확신처럼
철길로 쭉 뻗어 있었다

생경한 풍경 낯선 사람들
먹거리 만물상 같은
수레 지날 때마다
기대에서 체념이 같이 간다

다시 못 볼 아버지
술내음 뺨 비빌 때는
도리질 쳤었는데…
깊디깊은 땅속에 묻고

덜컹덜컹…
멀고 먼 서울길
언니 따라 처음 탄 기차는
알지 못할 큰 짐승의 뱃속인 듯
미지의 시간으로 끌고 간다

거꾸로 가는 기차 타면
내 그립고 그리운
아버지 볼 수 있으려나
거치른 뺨 비빌 수 있을까

철없는 어린 막내딸이 되어
세상 시름 짊어진 술내음
품속에 안기고 싶다
거꾸로 가는
기차를 탈 수만 있다면

철없는어린
막내딸이되어
세상시름
짊어진술내음
품속에
안기고싶다

– 거꾸로 가는 기차 중에서

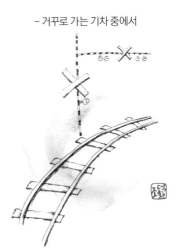

가을엔

너라서 그립고
그리워서 기다렸어

한없이 아플 줄도 알지만
많이 보고 싶었어

기다림만큼 기쁘기만
해야 하는데 자꾸만 슬퍼져

너 떠난 후에 쓸쓸함과
길고 긴 시린 날이 생각나서

소설小雪

영혼 없던 말
낙엽처럼 스러지고

사알짝 살얼음
맘속에 내려 앉아

따뜻했던 눈물이
어느새 차가운 얼음

봄은 멀기만 하고
삶은 춥기만 하다

3부
여전히 젊고 어여쁜 너는 별이 되어 간다

그래도
내생각은
하는거야ㅡ?

- 집착 중에서

집착

그럴 거야…
바쁠 거야…
그런 거겠지

그래도
보고파서
들여다보고

그럴 거야
바쁘겠지

그래도
서운한 맘
달래보고

그럴 거야
바쁜 거야

그래도
내 생각은
하는 거야?

북극성

그대 찾고 있었습니다
별빛 한가득 빛나던

그대 잊고 있었습니다
눈물지게 서러웠던

그대 여기 있었습니다
여전하게 눈부시게

그대
여기 왔었습니다.
여전하게
눈부시게...

– 북극성 중에서

서럽고
시린길혼자
갈 곳을
모르네요

- 어떤 길 중에서

어떤 길

그대 내 손을
이끌었을 때

따뜻하고
안온해서
영원할 줄 알았죠

이별 뒤
텅 빈 손길

서럽고
시린 길 혼자
갈 곳을 모르네요

어떤 날

아름다웠던 봄날
함께여서 더 빛나던 날

시리도록 푸르렀던 날
고요한 품에 한숨처럼
잦아들던 그 날

무심히 지나던
그냥 그렇게 별처럼
빛났다가 스러져 버린 날

아름다웠던 봄날
이별이라 더
서러운 날

1
2 3
4 5 6
화 7 8 9
10
일 11 12 13
14 15 16 17
18 19
목 20
요 21 22 23
토 24 25
일 26 27
29 28 30
31

무심히 지나던
그냥 그렇게 별처럼
빛났다가 스러져버린 날

– 어떤 날 중에서

함께했던 날
같이했던 우리
그토록 가까웠던 길

－그 때 그 길 중에서

그때 그 길

함께 했던 날
같이 했던 우리
그토록 가까웠던 길

지나온 거리
지나간 사람들
바빴던 짧은 웃음들

무심함 속에 갇혀
오고가는 사람들
혼자 걷는 거리

멀고 먼 길속에
고단한 걸음
쉴 곳 없는
그 길

그녀의 동행

늘 어디론가 가려했다
그녀가 찾고자 한 것은
그저 꽃길이었다

좋은 길
풍요로운 길에서 인형 같은
로라가 되고 싶었는지도 모른다

꽃처럼 어여뻤던 그녀는
화려한 인형집 다소곳한
아이들을 소망했다

더 이상 가고 싶지도
찾고 싶지도 않을 날에
인형처럼 눕고 싶었다

기계가 되어버린
그녀는 길을 놓고 있었다
그녀가 갈 길
누군가 올 길

언제 끝날지도 모른 채
더 이상 어여쁜 인형도 아닌
그녀는 길만 찾다 동행을 놓쳤다

도시의 꿈

아파트 숲 뒤
헐벗은 먼 산

잿빛 하늘 뒤
맑은 한숨

무표정한 시간들
꽃잎처럼 흩어지고

어딘지 모르고 지나는
빽빽한 자동차들

기계 같은 사람들
굳어진 빨간 심장

파랑새 한 마리
파닥이다 스러진다

풍경風磬소리

지친 몸
흐트러진 머릿결
사알짝 쓰담쓰담
청명한 너

시린 맘
조각난 설움사이
은은한 꽃향꽃향
그리운 너

바람결
눈물속 한숨 사이
안온한 사랑사랑
보고픈 너

시린맘
조각난 설움사이
은은한
꽃향꽃향
그리운 너

- 풍경소리 중에서

한줄기 먼지
회색빛 마저도
그리운
조각난 시간

– 심연 중에서

심연深淵

어느 하나가
커지더니 칭칭
옥죄어 집어 삼켰다

바닥도 없이
막연하기만 해
서러운 벌레 되었다

내가 아는 나
내가 아닌 너는
어디서 빛을 찾는가

한줄기 먼지
회색빛마저도 그리운
조각난 시간

민낯

두터운 화장
지우려 했는데…
거칠어진 손
아파하는 낯

마알간 순수
남기려 했는데…
지쳐버린 손
잊어버린 낯

어디쯤 있을
두려운 듯
설레인 듯
슬픈 내 민낯

두려운듯
설레인듯
슬픈 내민낯

– 민낯 중에서

어딘가
있을
순수를
찾아 헤매는
영
혼

- 상실 중에서 [인장]

상실^{喪失}

진실과 진심이
모호해질 무렵

깜빡 그리다
상념 속에 빠질 때

어딘가 있을 순수를
찾아 헤매는
지친 영혼

문득

지칠 때 하나
고플 때 하나

그리울 때도
서러울 때도

미련 덜어낼 때
사랑 덜어낼 때

하나… 하나…는
있으련만

하나...
하나... 는
있으련만...

- 문득 중에서

세상

난 오늘도 그대를 향해
또 걷고 있습니다
어제는 맨발이었고
그제는 허세 어린
하이힐이었죠

때로는 겁도 없이
벗어나보려 했지만
늘 그대는 날 감싸 안아
또 그 자리에 있게 합니다

언제쯤이나
이 한걸음 한걸음이 아프지 않고
그저 습관처럼 무심한 듯
걸어질까요?

늘 자유롭게 그대를
가지고 누려도 좋다는
당신은 가질 수도
잡을 수도 없어
애가 타다가도

오늘도 난 그대에게
목마른 채
한걸음 또 다가갑니다
늘 무심한 그대는
또 나를 지나치겠죠

그래도 언젠가
이 걸음 하나가 멈추는 날
비록 보잘 것 없는
스러진 발자욱 하나를
난 기억하렵니다

가난한 내 영혼과
부유한 내 욕망과
또 다시 서러운 눈물걸음
한 조각을 밟고 갔음을
난 생각하렵니다

사아락
사아락..사아락
눈길속으로
그녀는
내영혼한조각을
쥐고떠났다

- 리 중에서

리離

사아락 사아락사아락…
눈길 속으로 그녀는
내 영혼 한 조각을 쥐고 떠났다
발자욱 소리만이
시린 내 가슴을 할퀸다

사랑이 아니라 믿었기에
한 번도 말하지 못했다
지켜야할 것이 많은
쇠락한 나는
눈길 속으로 걸어가는
그녀를 잡지 못한다
이가 빠진 내 영혼은
혼동 속에 덜덜거리고 있다

사아랑 사아랑사아랑…
눈길 속으로
그녀는 떠나고 있다
내 영혼 한 조각을 꼭 쥔 채
한 번도 말하지 못한
소리가 가슴을 할퀸다

그대에게

하나하나
의미 담아
그대 맘에
잦아들길 바랍니다

걸음걸음
조금조금
그대 향해
가까워지길 소원합니다

한숨한숨
살짝살짝
그대 숨결
내게 닿기를 바랍니다

다독다독
쓰담쓰담
그대 시름
덜어주길 소원합니다

바슬바슬
낙엽 밟듯
세상 빚은
잊혀진 듯 살아봅니다

하나하나
의미담아
그대맘에
찾아들길
바랍니다

- 그대에게 중에서

그녀의 봄

반짝반짝
빛이 나는 그녀

수 없는 사람들이
오고 가는 길을 정성껏
쓸고 닦으며 어쩌다 마주한
이들에게 따뜻한 미소와
인사를 건넨다

오늘은 어제보다 덜 춥네요
시린 삶에 오늘을 견디는
따뜻한 말 한마디는
한겨울 피어나는 매화향보다
향기롭고 그윽하다

낡은 그녀의 비닐백은
당당한 그녀 어깨에 더 없이
훌륭하게 달려있다

예쁘게 키워 온 그녀의
아이들은 지친 삶에
눈물꽃처럼 시리도록
어여쁘다

반짝반짝
빛이 나는 그녀의 눈물꽃과
보석처럼 빛나는 주름
하나하나가
온 세상을 비추고 있다

네가 나를
예쁘게 불러줬음
좋겠어
예쁜 사랑이고
싶어

– 이름 중에서

이름

네가 나를
예쁘게 불러줬음 좋겠어
예쁜 사람이고 싶어

맨날 맨날
사랑스럽게
불러 준다면
사랑스런 사람이 될 거야

백날 천날
그렇게 부르면
시린 날에도
그리운 사람이고 싶어

하루하루
매일 매일
천번 만번
부르다 보면 너도 오려나?

동행

꽃길도
흙길도
같이 가는 줄 알았지

흙이 되고
꽃이 되어
안겨 놓을 줄 몰랐네

애달프고
시린 맘
나라서 다행이려나…

여전히 젊고
어여쁜 너는
별이 되어 같이 간다

여전히 젊고
어여쁜 너는
별이 되어
같이간다

− 동행 중에서

줄다리기

있는힘껏
으랏차차

뒷걸음질
흠칫놀라

당겨보고
밀려보고

힘겨루기
끝날즈음

저만치서
세상욕심

빨리오라
손짓발짓

깡통소리
매달은듯

어느샌가
축늘어진

이상같은
허무한꿈

숫돌

거울인양
믿고닦아

숫돌인데
모르는체

문득손엔
얼음같은

날카로이
벼려진칼

나도너도
베고나니

상처뿐인
너와나는

그림자도
흔적마저

지워지고
번득이는

칼날만이
남아있다

욕망

어찌 그리도
아름다울까
새초롬한 얼굴로
불쑥불쑥
화사한 그녀

요리저리
피해 다녀도
세월 속으로
숨어 봐도
내 숨 끝에
매달린 너

조덕화

조덕화 시인은 전라북도 김제에서 출생하였습니다. 이태원초등학교와 보성여중학교, 그리고 중경고등학교를 졸업하였습니다. 중앙대학교를 졸업하였으며 현재 주)대교에 근무중입니다. 2018년 인향문단을 통하여 등단하였으며 스마트 글쓰기 동호회에서 활동하고 있습니다.

조덕화 창작시집
나는 가끔은 네 생각 하는데…

초판 인쇄일 2019년 11월 15일
초판 발행일 2019년 11월 15일

지은이 | 조덕화
그림 • 캘리그라피 | 조덕화
기획 • 캘리자문 | 한유란(유별란 캘리그라피)
펴낸이 | 장문정
펴낸곳 | 도서출판 그림책
출판등록 | 제2010-000001
주소 | 경기도 수원시 영통구 이의동 웰빙타운로 70
연락처 | TEL(070)4105-8439
E-MAIL | khbang21@naver.com